A Irati, Iker y todos los creadores del futuro. Debéis sentiros orgullosos de ser como sois, y de aportar al mundo vuestros singulares talentos.

Begoña Ibarrola

A todos los niños, únicos y diferentes, que hacen del mundo un lugar lleno de color, y a Elías y Sabela, que iluminan mi mundo.

Blanca Millán

Yo también SOY diferente

Cuentos para potenciar la autoestima

Begoña Ibarrola

Ilustraciones de Blanca Millán

Beascoa

INTRODUCCIÓN

La autoestima es la suma de la capacidad personal y el sentimiento de valía, de confianza y de respeto por uno mismo.

Es uno de los aspectos más importantes en el desarrollo del niño y, junto con el sentimiento de la propia competencia, un componente básico de la autoimagen que afecta a su bienestar.

Quien no se quiere a sí mismo o se ve como alguien que no merece el afecto de los demás, se compara con otros o se siente un ser inútil, difícilmente podrá lograr un nivel de desarrollo adecuado en cualquier faceta de su vida y no podrá ser feliz.

Mientras el niño crece, va construyendo el autoconcepto —la imagen que uno tiene de sí mismo físicamente y como persona— y va formándose una idea de quién es, si gusta a los demás o no, si es aceptado o no.

Irá creándose unas expectativas sobre sus capacidades, se encontrará bien consigo mismo o, por el contrario, puede rechazar cualquier aspecto de su ser.

El primer elemento para la construcción de la autoestima es la autoaceptación. Para ello, el concepto que tienen los padres de sus hijos juega un papel muy importante, ya que un niño se ve reflejado en sus ojos y en sus palabras, y creerá firmemente la imagen que proyecten de él, sea positiva o negativa.

Los padres y educadores podéis ayudar a construir una buena autoestima en el niño devolviéndole una imagen positiva y ajustada de sí mismo, aceptándole como es; ayudándole a conocer sus capacidades, pero también sus limitaciones. De nada sirve hacerle ver que todo en él es positivo pues la vida le mostrará su falsedad.

Debe aprender a perder y a cometer errores, asumiendo la frustración que eso implica. Así mismo, es importante reforzar sus logros, sin recalcar sus fracasos, y permitirle enfrentarse a sus conflictos para que se entrene en resolverlos de forma autónoma.

Nuestro cariño y afecto deben ser incondicionales, independientemente de sus logros y comportamiento. Debemos facilitar su toma de decisiones en cosas sencillas, adaptadas a su edad, y legitimar siempre sus sentimientos y emociones, a la vez que le enseñamos a expresarlos de forma adecuada.

Es fundamental para su sano desarrollo que cualquier niño se quiera y confíe en sí mismo y en su potencial, que tenga buena autoestima, y que sienta que es competente para vivir y merece ser feliz.

ÍNDICE

5 Paula y el espejo mágico

19 El huerto de Tomás

33 La niña encendida

47 Diferente, como toda la gente

61 Mi capa voladora

75 El sueño de Flora

Paula y el espejo mágico

Aquella tarde Paula había salido del colegio muy pensativa. Su profesor les había leído el cuento de Blancanieves y, al principio, ella no había prestado mucha atención, pues se lo sabía casi de memoria de tantas veces que lo había escuchado. Pero esa vez sucedió algo diferente y, durante toda la mañana, una pregunta empezó a dar vueltas en su cabeza: ¿existirían de verdad los espejos mágicos?

Cuando llegó a su casa, Paula se fue corriendo al cuarto de baño y, poniéndose delante del espejo, le dijo:

—Espejito, espejito mágico, dime, ¿quién es la niña más guapa de clase?

Y el espejo le contestó:

—Miraaaaandaaaaa…

Entonces Paula se puso triste mientras observaba su cara reflejada en el cristal.

—Bueno, a lo mejor tú no eres un espejo mágico —le susurró.

Y salió corriendo hacia la habitación de sus padres.

Entró y abrió el armario, y allí, mirando fijamente al espejo de la puerta, le hizo la misma pregunta:

—Espejito, espejito mágico, dime, ¿quién es la niña más guapa de clase?

Y una voz profunda, que parecía salir del fondo del armario, dijo:

—Miraaaaandaaaaa…

Paula cerró el armario de un golpe y se fue a su habitación muy triste. Pensaba que el espejo tenía razón, pero a ella le habría gustado mucho más escuchar su nombre.

Miranda era una niña muy alta, más alta que ella, y era muy delgada, mucho más delgada que ella, y además tenía una melena rubia preciosa, mucho más bonita que su pelo negro, corto y rizado.

Aquella noche sus padres notaron que algo le pasaba, pero pensaron que solo tenía un mal día. Si al día siguiente su hija seguía triste, hablarían con ella.

—No tengo ganas de cenar —le contestó a su padre cuando él le dijo que la cena estaba lista.

—No tengo ganas de escuchar cuentos —le dijo a su madre cuando fue a darle las buenas noches con un libro en la mano.

Y esa noche soñó que era una princesa y que vivía en un precioso castillo; un joven príncipe de un castillo cercano quería casarse y organizó una fiesta para conocer a todas las jóvenes princesas del reino. Paula era la más guapa, la más alta, la más delgada y tenía una preciosa melena rubia, pero el príncipe ni se fijó en ella, porque a ese príncipe no le gustaban las princesas altas, delgadas y con melena rubia.

Al día siguiente, nada más llegar al colegio, le pidió permiso a su profesor para ir al baño.

—¿Tan pronto, Paula? —le dijo él muy extrañado—. Pero… si acabas de llegar…

—Es que no puedo aguantarme más… —contestó ella sin mirarle a los ojos y un poco nerviosa.

—Está bien, puedes ir, pero no tardes —le dijo su profesor mientras la miraba intrigado.

Entonces Paula se miró en el espejo del cuarto de baño y le hizo la misma pregunta:

—Espejito, espejito mágico, ¿quién es la niña más guapa de clase?

Pero esta vez el espejo no dijo nada. Paula se puso de puntillas para acercarse un poco más por si no lo había oído bien y volvió a hacerle la misma pregunta, pero él siguió mudo y Paula se dio la vuelta un poco decepcionada.

«¡Bah! —pensó—, este espejo no es mágico, ni siquiera habla, solo los de mi casa son mágicos y dicen la verdad».

Durante toda la mañana, Paula observó a Miranda por el rabillo del ojo, preguntándose por qué unas niñas eran tan guapas y otras, como ella, eran tan feas; por qué Beatriz sabía dibujar tan bien y ella no; por qué Rubén corría tanto y ella nunca llegaba la primera a la meta; por qué algunos espejos eran mágicos y decían la verdad y otros, en cambio, ni siquiera hablaban.

Después del recreo llegó la hora del cuento. Esta vez su profesor leyó la historia del patito feo y al terminar les pidió que cada uno dijera lo que más le había gustado, pero Paula se echó a llorar.

—Paula —le dijo su profesor—, no te pongas así, que la historia del patito feo termina bien, ¿no te das cuenta? En realidad no era un pato feo, sino un hermoso cisne. Solo necesitaba un poco de tiempo para crecer y descubrir su belleza.

Paula no dijo nada, pero sus amigos, Sonia y Rubén, se acercaron a consolarla porque no les gustaba nada ver llorar a su amiga.

Durante la comida, Paula les contó la historia de los espejos mágicos y entonces los dos, muy emocionados, le dijeron:

—¿Por qué no vamos los tres al baño, a ver si el espejo nos dice algo?

Mientras iban por el pasillo, Rubén le dijo a Paula:

—Pues a mí me pareces muy guapa… Miranda no me gusta nada, además es una creída y no sabe cantar tan bien como tú.

—Y a mí también me lo pareces —añadió su amiga Sonia—, además Miranda no es buena compañera y tú sí.

Y allí, delante del espejo, con sus tres caras reflejadas, preguntaron los tres a la vez y en voz alta:

—Espejito, espejito mágico, ¿quién es la persona más guapa de clase?

Y una voz a su espalda, que los tres conocían bien, contestó:

—Túúúúúúúúúúúúúú…

Se dieron la vuelta y se encontraron con la cara sonriente de su profesor en la puerta, que les preguntó asombrado:

—¿Por qué hacéis esa pregunta? ¿No hemos hablado en clase de que todos somos maravillosos y diferentes?

—Bueno…, sí…, pero los espejos mágicos que hay en mi casa me han dicho que es Miranda… —dijo Paula con voz triste.

—Pues a mí me parece que esos espejos no son mágicos —dijo el profesor—. Sin embargo, este sí lo es, porque refleja la belleza de todo el que se mira.

Los tres amigos volvieron a mirarse en el espejo con una enorme sonrisa. Sí, ahora todos se veían guapos, aunque fueran diferentes a Miranda.

El profesor añadió:

—Todos los niños y niñas sois guapos de una forma especial, si se mira con atención, claro. Todos somos únicos y no debemos compararnos con nadie, ¿de acuerdo?

—De acuerdo, profe —contestaron los tres a la vez.

Aquella tarde, cuando su abuelo fue a recogerla al colegio, se dio cuenta de que Paula estaba más contenta que otros días y le preguntó:

—¿Qué has hecho hoy en clase? Te veo muy contenta, ¿te han dado algún premio?

—No, abuelo, es que hoy mi profesor me ha dicho que soy muy guapa y mis amigos también.

Entonces su abuelo se agachó y, mirándola a los ojos, le dijo:

—¿Quién es la niña de mis ojos? ¿Quién es mi princesa?

—¡Paula! —contestó ella mientras le abrazaba—. Pero no quiero ser una princesa, abuelo, además también Rubén es muy guapo, y Sonia, y Martín…

Y mientras caminaban hacia su casa, le fue diciendo el nombre de todos y cada uno de los niños y niñas de su clase, incluyendo a Miranda.

Nada más entrar a su habitación, dejó la mochila y echó a correr hacia el cuarto de baño y, mirando con cierto enfado al espejo, le dijo:

—Yo soy guapa, para que lo sepas, y no necesito un espejo mágico que me lo diga.

Después se fue corriendo a la habitación de sus padres, abrió la puerta del armario y se miró en el espejo de frente, de perfil, de cerca, de lejos, y, cuando estaba cerrándolo, le dijo:

—Tú sí que eres un espejo mágico, porque hoy me veo como soy, muy guapa…

Y se fue cantando a la cocina a buscar la merienda que, con mucho cariño, su abuelo le había preparado.

Tips para familias y educadores:

◎ Este cuento trata de un aspecto relacionado con la autoestima, que es la aceptación del propio cuerpo. Es importante que cada niño se guste a sí mismo y no se compare con otros. Por desgracia, los medios de comunicación y la sociedad en general crean estereotipos de belleza que muchos niños y jóvenes pretenden alcanzar.

◎ En este cuento podemos ver cuál es el ideal de belleza de Paula, que le provoca insatisfacción, porque no se adapta a sus características físicas. Solo un adulto que sea buen observador la ayudará a valorar las diferencias de cada uno de sus compañeros y así tendrá su propia valoración.

◎ Conviene que preguntes a tu hijo qué le gusta de su cuerpo y qué no para intentar detectar si tiene creencias limitantes o equivocadas sobre la belleza. Debes evitar que tenga manías sobre su aspecto físico o que dude de sus capacidades de aprendizaje. Hablar de ello puede servir para enseñarle a aceptar lo que no se puede cambiar y a centrar su atención en aquello que sí puede cambiar.

◎ El problema de la no aceptación del cuerpo puede tener diferentes causas que hay que analizar; desde la imposición en la sociedad de cánones de belleza artificiales, hasta los comentarios que el niño escucha de los adultos rechazando ciertas partes de su cuerpo. Cuidar el cuerpo forma parte de un sano desarrollo en el niño, pero para ello debe, en primer lugar, valorarlo.

◎ Observa qué cambios en el aspecto físico de tu hijo pueden favorecer una mejor imagen de sí mismo. A veces simplemente mejorar su higiene, ayudarle a cuidar su aspecto o sugerirle un cambio de corte de pelo o de forma de vestir cambia su autopercepción y la imagen que da a los demás.

◎ El papel de los amigos es muy importante en la construcción de la autoestima, ya que ellos pueden devolver una imagen diferente a la que percibe el niño. Los amigos de Paula dicen cosas positivas sobre ella que la ayudan a cambiar la visión que tiene de sí misma.

◎ Compararse con otros siempre es un error. Este mensaje debes transmitírselo a tu hijo o alumno con frecuencia, sobre todo porque implica sentirse inferior a los demás y, en el fondo, querer ser diferente a como uno es.

◎ El papel del profesor en este cuento es fundamental. Es bueno que haya un adulto cerca del niño que le devuelva una imagen positiva y, sobre todo, que sienta el amor y el cariño de las personas que le rodean, que le quieren y aceptan como es.

◎ Puedes preguntarle a tu hijo cómo es cada uno de sus amigos, qué cualidades tienen, qué se les da bien, y después comentar sobre los diferentes miembros de la familia para que asuma que la diversidad es la que nos iguala a todos, pues todos somos diferentes.

El huerto de Tomás

En el huerto de Tomás vivía un erizo que se llamaba Tonino. A veces daba un paseo entre las tomateras y otras veces se quedaba en un rincón del huerto, escondido, mientras observaba cómo Tomás recogía las judías verdes o desenterraba algunas patatas o miraba las lechugas o los calabacines para ver cómo iban creciendo.

Tonino había construido una bonita madriguera, tenía comida suficiente, pero no era feliz, y a menudo sacaba sus púas o se hacía una bola aunque nadie le quisiera hacer daño.

Un día, la gallina Pepona, mientras daba un paseo fuera del gallinero, se encontró a Tonino.

—¿Por qué sacas tus púas cuando me ves si sabes que no voy a hacerte daño? —le preguntó.

—Por si acaso… —contestó él—. Nunca se sabe si estás de buen humor.

—Pues casi siempre estoy de buen humor, ¿es que no se me nota? —protestó ella.

Pepona vivía en el gallinero que estaba junto al huerto. Se sentía afortunada porque Tomás la dejaba pasear durante unas horas y comía hierba o insectos, no como las gallinas del vecino, que estaban todo el día encerradas comiendo pienso. Pero le daba envidia que Tonino pudiera dar paseos por el huerto cuando quisiera, y por eso no entendía su mal humor.

—¿Por qué eres tan huraño? A veces pienso que no eres mi amigo… —le dijo un día muy seria.

—Porque nadie me hace caso y nadie me da abrazos, por eso te envidio, aunque seas mi amiga.

—¿Que tú me envidias a mí? Pues ya me dirás por qué, no lo entiendo, la que tiene envidia de ti soy yo —le contestó Pepona, extrañada por su respuesta.

—Porque veo lo contento que se pone Tomás cuando recoge tus huevos, luego te acaricia y te da las gracias, ¿te parece poco motivo? A mí no me hace ni caso.

—Bueno, es normal —respondió ella—. ¡Menuda tortilla hace con mis huevos!

—¡Claro! Pero yo no pongo huevos, ni puedo darle nada, por eso no me abraza.

También sentía envidia de Pitusa y Carol, unas ardillas que vivían en un árbol cercano. Todas las mañanas sus padres les daban un abrazo antes de que salieran a jugar.

—¿Por qué son tan cariñosos con vosotras? —les preguntó un día Tonino.

—Porque nos quieren mucho —contestaron mientras saltaban a una rama cercana—. Si no tuvieras esas púas, a ti también te abrazaría Tomás.

—Pues gracias a mis púas todos me respetan —contestó él algo enfadado.

—Pero si nadie se mete contigo, Tonino. ¡Qué tonterías dices! —le dijeron mientras se alejaban.

Esas palabras le hicieron sentirse aún peor. Para él estaba claro que Tomás no le quería, así que decidió marcharse de allí y buscar otro sitio donde le dieran abrazos, aunque, pensándolo bien… ¿Por qué le iban a querer? ¿Para qué servía un simple erizo?

Menudo lío tenía en la cabeza el pobre Tonino. Volvió a la madriguera y se puso a pensar y pensar, y no pudo encontrar ninguna respuesta. Entonces se acurrucó entre las hojas que le servían de cama y se quedó profundamente dormido.

Y esa noche soñó que era un erizo gigante que tenía atemorizados a todos los habitantes del huerto. En cuanto alguien se acercaba, sacaba sus grandes púas, gruñía fuerte y se enfrentaba a cualquiera. Allí todos le respetaban porque era el más fuerte y el más grande, y no convenía tenerle como enemigo… Pero al despertar del sueño pensó: «¿A quién voy a asustar con lo pequeñajo que soy? No me extraña que Tomás no me haga ni caso…».

Sin embargo, al día siguiente ocurrió algo que le ayudaría a pensar de otra manera.

Tomás estaba agachado en el suelo quitando malas hierbas y le vio. Tonino casi se muere del susto al encontrarse con sus ojos mirándole fijamente, y en ese momento sacó sus púas y se preparó para defenderse.

—No te asustes —le dijo Tomás—. Si escondes las púas, te llevaré a un lugar fuera del huerto que te va a gustar mucho y que aún no conoces.

Tonino se lo pensó, guardó sus púas y se dejó coger por Tomás, y este le acarició la tripa mientras le llevaba en la palma de su mano. Nada más ver el lugar, gritó entusiasmado:

—¡Vaya estanque! ¡Con lo que me gusta a mí bañarme!

—Ya lo sabía —le dijo Tomás—. Por eso te he traído hasta aquí. Veo que eres un poco miedoso y no te atreves a salir del huerto. Quería que vieras dónde está el estanque para que vengas cuando te apetezca darte un baño.

—Gracias, Tomás, no sabes lo feliz que me has hecho —le respondió sonriente mientras se metía en el agua.

Las caricias de Tomás le calmaron y desde entonces, todos los días, cuando le veía trabajando en el huerto, se acercaba a saludarle.

Un día Tomás le dio las gracias. Tonino se emocionó mucho y le preguntó extrañado:

—¿Por qué me das las gracias? Yo no te doy huevos como la gallina Pepona ni te bajo las piñas como hacen Carol y Pitusa.

—¿Es que no sabes que gracias a ti mi huerto está limpio de bichitos que estropean las plantas?

—No lo sabía —contestó emocionado Tonino—, o sea, ¿que soy valioso para ti?

—¡Pues claro! Tú comes insectos, caracoles y arañas, y no dejas que ninguna víbora entre en el huerto. ¿Cómo no vas a ser valioso para mí? Gracias a ti tengo esas lechugas maravillosas y esos tomates que da gusto verlos y esos calabacines tan ricos que me voy a comer hoy rellenos. ¡Eres muy importante en este huerto!

Tonino se puso a llorar. Había pasado mucho tiempo envidiando a las gallinas y a las ardillas. Pensaba que eran mucho más valiosas… y ahora descubría que ser un erizo era algo muy importante.

Tomás se fue a comer bastante pensativo, mucho más de lo habitual. Y dijo en voz alta sin que nadie le oyera:

—Quizás a los animales les pasa lo mismo que a los seres humanos. Algunos viven pensando que no son importantes para nadie, ni suficientemente buenos, ni valiosos…, y a lo mejor por eso se sienten infelices.

Y entonces pensó en sí mismo. Cuando era pequeño intentaba hacer todo lo mejor posible para que su padre se sintiera orgulloso de él, pero su padre nunca le felicitó por algo ni reconoció lo que hacía bien. Sin embargo, su madre le decía que la ayudaba mucho en casa, que cantaba estupendamente y que cuidaba muy bien a las ovejas. Las palabras de su madre le ayudaron a sentirse mejor.

Y en ese momento decidió reunir a todos los animales que vivían en el huerto y hablar con ellos. Quería que se sintieran felices y orgullosos de lo que hacían, y no quería que nadie se sintiera poco valioso o se comparara con los demás.

Una tarde, cuando ya el sol no calentaba tan fuerte, los reunió y les dijo:

—Cada uno de vosotros colabora de una forma en el huerto y os estoy agradecido a todos. Gracias, Pepona, por los huevos tan ricos que me das, pero no pretendas ser como las ardillas, tú no puedes saltar de rama en rama. Si lo haces, te puedes romper una pata.

Pepona se puso muy derecha, e hinchó su pecho y sus plumas, pareciendo el doble de grande. Y dirigiéndose a las ardillas, Tomás les dijo:

—No sabéis qué alegría me da que me bajéis las piñas más altas, pero nunca se os ocurra enfrentaros a una víbora como puede hacer Tonino; podría morderos.

Pitusa y Carol se pusieron muy contentas y empezaron a dar saltos.

Luego les dio las gracias a las lombrices, a las mariquitas, a los escarabajos y a las abejas, y dejó a Tonino para el final, porque le interesaba más que escuchara lo que decía a los otros animales.

—Tonino, tú solamente debes hacer lo que hace un erizo, con eso basta, ya lo hemos hablado, y debes sentirte orgulloso de ser lo que eres. Para mí y para mi huerto eres muy importante y por eso te estoy muy agradecido.

Y entonces todos los animales le dieron un gran aplauso y, desde aquel día, nadie más volvió a sentir envidia de nadie porque ¿cómo se iban a comparar entre ellos? ¡Era imposible! Cada uno tenía una función diferente y entre todos ayudaban a Tomás a tener un huerto maravilloso.

Tips para familias y educadores:

- Cuando un niño se compara con sus compañeros o hermanos de forma habitual, podemos deducir que su autoestima no es adecuada. Por eso los adultos también debéis tener cuidado de no hacer comparaciones. Cada ser humano es diferente, tanto en su forma de ser como en sus potencialidades o limitaciones, y todos los seres humanos merecemos respeto.

- Es importante reconocer ante el niño qué cosas se le dan bien, qué aprende con más facilidad, qué cosas suele hacer de maravilla y casi sin esfuerzo. Pero eso no significa que para aumentar su autoestima se evite hablar de las cosas que le cuestan más y de sus limitaciones. Ocultarlo no aumenta su autoestima, sino que fomenta una imagen irreal.

- En este cuento vemos que Tonino ni se imagina lo valiosa que resulta su presencia en el huerto. A veces los padres podéis pensar que vuestro hijo ya sabe qué papel juega en la familia y que es un elemento importante, pero conviene decírselo con frecuencia y que lo sienta. Igual que el amor, no solo se debe sentir, sino también demostrar.

- La presencia de envidia en un niño puede dar pistas sobre algo que no anda bien en su esfera emocional, pues implica un sentimiento de carencia, de no sentirse satisfecho con lo que uno es, tiene o hace. Cuando uno valora mucho más lo que son, tienen o hacen los demás, aparece esta emoción incómoda que puede llevar a la tristeza o al enfado.

- Cuando Tonino ve que Tomás le valora, su percepción cambia y ya no necesita ser como los demás. La autoaceptación es la base de una buena autoestima, pero eso no implica que no se deba cambiar. Cualquier cambio debe estar basado en esa aceptación, no en el deseo de ser otra persona.

- Si observáis que vuestro hijo siente celos, podéis considerarlo un fenómeno natural que a veces se produce ante la llegada de un hermano o ante la aparición de una nueva pareja. El miedo que siente a perder vuestro amor es comprensible, pero las expresiones de afecto deben estar siempre presentes, ya que los niños que no se sienten queridos piensan que no son importantes.

- Tonino saca las púas para defenderse, aunque nadie le vaya a hacer daño. El niño a veces se enfada, tiene una pataleta o se comporta de manera agresiva porque no sabe pedir afecto de otro modo. Tened en cuenta que a veces cuando más lo necesita es cuando lo pide de forma equivocada.

- Este cuento muestra de forma clara que cada animal tiene una función en el huerto y eso hace que, cumpliendo cada uno su misión, el huerto vaya bien. Tu objetivo como padre o educador es ayudar al pleno desarrollo de tu hijo o alumno. Para ello tiene que saber qué puede aportar a la clase o a la familia, y la asignación de pequeñas responsabilidades puede resultar muy útil.

- El orgullo es una emoción de satisfacción personal que se experimenta cuando hacemos algo considerado valioso para nosotros o para los demás. Es un alimento emocional que favorece la autoestima y la motivación, ya que sirve de refuerzo positivo. Debemos ayudar a que el niño se sienta orgulloso a menudo, ya que así se promueve su autoconfianza.

La niña encendida

Todas las noches la madre de Martina le colocaba encima de una silla la ropa que debía ponerse al día siguiente.

Cada día Martina comía en el colegio lo que tocaba y, al parecer, todo le gustaba, porque no dejaba nada en el plato, como le habían enseñado sus padres.

Al salir del colegio se quedaba un rato jugando en el parque o se iban directamente a casa, lo que dijera su madre, pues a ella no le preguntaban nunca qué le apetecía hacer.

Y cada noche su padre le leía un cuento, el cuento que él elegía.

En clase siempre hacía lo que le decía su profesor y nunca nunca sus padres tuvieron una queja del colegio, sino todo lo contrario. Hablaban maravillas de Martina: que era una niña muy buena, que no daba ninguna guerra, que no hablaba si no le preguntaban, que dejaba elegir a sus compañeros a qué jugaban y que nunca nunca decía que no a nada.

Pero su tía Laura estaba preocupada. Desde que había empezado a ir al colegio, sus ojos no brillaban de ilusión como antes, ni la miraba ya con cara de pícara después de hacer alguna trastada.

Se había convertido en una niña buena, tranquila y obediente, a la que todo le daba igual. Definitivamente, su sobrina estaba apagada, y Laura estaba decidida a hacer todo lo posible para que sus ojos volvieran a brillar. Y entonces tuvo una idea.

Como se acercaba el fin de semana, la invitó a pasarlo con ella. A sus padres les pareció muy bien y le prepararon una mochila con la ropa que podía necesitar.

Cuando llegaron a su casa, Laura le preguntó:

—Martina, ¿qué quieres comer? Tengo varias cosas preparadas.

—Lo que tú quieras, tía, me gusta todo —contestó ella muy seria.

—¡Venga ya! Seguro que hay alguna cosa que te gusta más que otra. Mira lo que tengo en la nevera y dime lo que más te apetece.

Pero Laura no consiguió que decidiera ella.

Por la tarde estuvieron viendo una película en la tele, Laura le enseñó a jugar a las cartas y después le hizo la segunda pregunta:

—Martina, ¿qué quieres que hagamos mañana?

—Lo que tú quieras, tía, a mí me da igual —contestó ella en voz baja.

—¿No te gustaría ir a algún lugar o hacer algo especial?

—Me da igual, tía Laura, lo que tú quieras.

Y por la noche, cuando ya estaba metida en la cama, le hizo la tercera pregunta:

—Tengo un montón de cuentos, ¿cuál quieres que te lea?

—El que tú quieras, tía.

—¿No hay alguno que te guste más?

—Me da igual, tía Laura, todos me gustan.

Laura se acostó muy preocupada, pensando por qué Martina no se atrevía a decir lo que le gustaba o por qué no sabía elegir. Tendría que averiguarlo.

El sábado por la mañana, al levantarse, Martina no encontró la ropa que debía ponerse colocada en la silla y Laura solo le dijo:

—¿Qué quieres ponerte hoy? Piensa que hace mucho frío.

Y Martina, después de unos minutos mirando su ropa, eligió unos vaqueros, un jersey de lana de cuello alto y unas botas con calcetines de rayas.

«¡Esto es un buen comienzo!», pensó Laura.

Después fueron a desayunar a la cafetería de unos amigos y allí le dieron una carta para elegir el desayuno. Laura la observaba muy atenta para ver su reacción. Martina leyó despacio toda la carta y sus ojos se empezaron a iluminar, y con una leve sonrisa, le preguntó a su tía:

—¿Puedo pedir lo que quiera?

—Por supuesto, Martina, piensa que hoy nos espera un gran día y debemos coger fuerzas.

Y para asombro de Laura, eligió un chocolate caliente, una tarta de manzana y un bollo de mantequilla. Su plan iba por buen camino y, aunque su sobrina no pudo terminarse el desayuno, ella disfrutó de lo lindo al verla comer con tanto gusto.

Al terminar, Laura le preguntó:

—¿Qué quieres hacer hoy por la mañana? Tengo varios planes y puedes elegir: ir al zoo, dar un paseo por el centro de la ciudad, ir a un museo o a un parque, o lo que tú quieras.

Martina se quedó un rato pensando y Laura comprendió que debía darle tiempo para acostumbrarse a pensar y decidir, porque seguro que hacía mucho tiempo que no lo intentaba. Al cabo de unos minutos, Martina contestó con una ligera sonrisa y brillo en sus ojos:

—Me gustaría mucho pasear y ver los escaparates de las tiendas… Hace mucho que no paseo.

Y las dos se lo pasaron en grande; entraron en algunas tiendas, se probaron ropa… y, aunque no compraron nada, fue muy divertido. Martina comenzaba a encenderse de nuevo, el plan de Laura empezaba a funcionar.

De repente, de forma inesperada, fue Martina la que le preguntó a Laura:

—¿Y qué vamos a hacer por la tarde?

—Podemos hacer lo que tú quieras —contestó su tía.

—Pues me gustaría ir a ver momias —dijo ella con mucha seguridad.

—¡Estupendo! Ya sé dónde voy a llevarte —afirmó Laura muy sonriente.

Y esa tarde fueron al Museo Arqueológico y, como a su tía Laura le gustaba mucho la historia, le fue explicando cosas de las momias y le contó aventuras muy divertidas sobre el viaje que había hecho a Egipto cuando era más joven.

Por la noche cenaron tortilla y ensalada, pero no hubo cuento porque Martina estaba tan cansada que, al ir a darle un beso de buenas noches, Laura se la encontró dormida.

A simple vista podría parecer que Martina era otra niña, tenía más vitalidad y además sonreía, así que Laura estaba muy contenta con el cambio.

Era ya domingo y por la tarde la niña volvería a su casa. Laura llamó a la puerta de su vecino mientras Martina desayunaba y le dijo:

—Fernando, necesito tu ayuda. Tengo en casa a mi sobrina y me gustaría que te conociera a ti, a tus hijos y a tus perros, ¿qué te parece? ¿Tienes algo que hacer esta mañana?

—Bueno, pensaba llevar a los niños al monte, a lanzarse en tirolina y luego comer unos bocadillos antes de volver a casa, y así de paso mis perros disfrutarán también.

—Me parece un plan estupendo, enseguida nos preparamos.

—Os espero dentro de una hora en el portal, ¿te parece bien?

Laura volvió a su casa y le comentó el plan a Martina, pero no la vio muy contenta.

—¿Qué pasa? ¿No te gusta ir al monte o lanzarte en tirolina?

—Es que nunca lo he hecho y mis padres no me dejarían.

—Seguro que te gustará cuando veas lo divertido que es. ¿Me ayudas a preparar los bocadillos?

Aquel día fue inolvidable para Martina. Se lo pasó en grande con los hijos de Fernando y más aún con los perros, y después de superar su miedo a la tirolina, al fin se tiró, y repitió hasta tres veces.

Martina pasó el domingo totalmente encendida y cuando volvió a su casa les contó a sus padres todo lo que había hecho el fin de semana. Ellos la escuchaban sorprendidos, pero, al nombrar la tirolina, su madre le preguntó:

—¿Y cómo es que te has lanzado por una tirolina, hija? Ya te hemos dicho que no debes hacer cosas peligrosas.

Pero Laura interrumpió a su hermana y dijo:

—Yo la quiero mucho y nunca habría dejado que hiciera algo peligroso, ¿no crees? Además ella decidió tirarse, nadie la obligó.

—Bueno —añadió su padre mientras la abrazaba—, veo que te lo has pasado muy bien con la tía Laura y me encanta verte tan feliz.

Entonces Martina, con los ojos brillantes y la sonrisa que tanto gustaba a su tía, les dijo a sus padres:

—Papá, mamá, ¿puedo volver el próximo fin de semana a casa de la tía?

—Claro que sí, o puedes también invitar a tus amigas a venir a casa, como prefieras.

Laura le dio un abrazo a Martina al despedirse y le susurró al oído:

—Ve pensando en planes divertidos para el fin de semana, ya sabes, tú puedes elegir lo que más te apetezca.

Y desde entonces Martina volvió a ser una niña encendida y nunca más se apagó el brillo de sus ojos.

Tips para familias y educadores:

🌿 Cuando un niño se muestra extremadamente sumiso o servicial, es como si se encendiera una luz de alerta. Piensa por qué se comporta así. ¿Pretende agradar siempre a los adultos? ¿Busca la valoración de los demás? ¿Le da miedo que se enfaden con él? Puede ser un indicador de baja autoestima.

🌿 En este cuento vemos que Martina no ha desarrollado un buen nivel de autonomía emocional, no sabe elegir porque no se ha entrenado, no muestra preferencias claras porque nunca le han preguntado y le han dado todo hecho. Tampoco se atreve a tomar decisiones porque piensa que los adultos deben hacerlo por ella.

🌿 Su tía Laura se da cuenta de que la apatía de Martina está relacionada con un sentimiento de inferioridad y una actitud de sumisión. Tiene un papel importante en el cambio de Martina al permitir que elija, decida, pruebe e intente hacer cosas nuevas. El entrenamiento en la libertad y en la autonomía debe ir asociado a la responsabilidad.

🌿 Puedes hacer una lista con tu hijo de cosas que le dejas elegir, por ejemplo, si es invierno y hace frío, no podemos permitir que decida si lleva un jersey o no, pero sí qué jersey. Cuando es un poco más mayor, puedes ayudarle a tomar decisiones analizando las consecuencias de elegir entre varias opciones.

🌿 Los padres sobreprotectores crían hijos con baja autoestima. Si el niño no puede poner a prueba sus habilidades y no se atreve a hacer cosas diferentes, no logrará saber cuáles son sus límites ni mejorar sus aptitudes. El resultado será que se convertirá en un niño miedoso e inseguro.

🌿 A veces otros miembros de la familia o amigos ven lo que los padres no veis. Piensa que la comodidad que supone decidir siempre tú qué ropa se pone, qué cuento le lees… no favorece en nada su autoconcepto. En su interior piensa: «Si me lo hacen es que yo no soy capaz». Una mirada con cierta distancia puede ayudar a ver lo que está pasando.

🌿 Un adulto no debe dirigir excesivamente la vida de un niño, porque le está limitando sus posibilidades de aprender, incluso del error, y está impidiendo que aumente la confianza en sí mismo. Las experiencias diferentes son lecciones de vida que se van aprendiendo y son importantes para el sano desarrollo de su personalidad. Debes brindarle diferentes tipos de experiencias, ofrecerle retos asequibles, pero que le exijan un cierto esfuerzo, y así podrá sentirse orgulloso cuando consiga algo que le ha costado.

🌿 Pequeñas intervenciones de los adultos como, por ejemplo, pedir la opinión del niño, escucharle, valorar sus ideas o comprender sus emociones le ayudan a construirse una imagen mucho más positiva de sí mismo.

🌿 La familia y la escuela deben ser entornos seguros pero que a la vez permitan explorar y experimentar. Es importante diferenciar entre riesgo y peligro. Por supuesto, como adulto responsable debes proteger al niño de los peligros, pero a la vez permitirle que haga cosas diferentes y asuma ciertos riesgos.

Diferente, como toda la gente

Era un día frío y gris de otoño, aunque parecía más de invierno. La calle estaba cubierta de una capa de nieve recién caída. Álex miraba por la ventana esperando ver al petirrojo que, desde hacía dos años, llegaba al comenzar el frío y se marchaba cuando empezaban los días calurosos. Solía dejarle miguitas de pan en la ventana y observaba con ilusión cómo se las comía.

Pero aquel día el petirrojo no apareció y Álex se fue al colegio un poco triste, pensando que a lo mejor estaba enfermo o había decidido no volver.

Pasaron los días y el niño dejó de poner las miguitas de pan, hasta que un día oyó un sonido que le resultó familiar: era el canto del petirrojo. Corrió hacia la ventana emocionado y le dejó en la repisa unas cuantas migas.

—¡Papá, mamá, ha vuelto el petirrojo! —gritó ilusionado.

—Claro, vuelve porque sabe que le das comida —le dijo su padre.

—No, vuelve porque soy su amigo y viene a verme —respondió él algo enfadado.

A Álex no le gustó lo que le dijo su padre, pero enseguida se le pasó el enfado al pensar que volvería a ver a su amigo todos los días.

Y en la asamblea, cuando su profesora pidió a los alumnos que contaran algo bueno que les había pasado y que quisieran compartir con los demás, Álex explicó que su amigo el petirrojo había vuelto y que estaba muy contento.

Algunos de sus compañeros se echaron a reír, pero su profesora, mirando muy seria a todos, les preguntó:

—¿De qué os reís? ¿Pensáis que un pájaro no puede ser amigo de Álex?

—Claro que no, porque no es una persona, y solo las personas pueden ser nuestros amigos —contestó Adrián con mucha seguridad.

—¡Eso no es verdad! ¡Yo tengo un perro que se llama Terry y es mi amigo! —dijo Marta indignada.

—¡Y yo tengo una gata que se llama Michina y también es mi amiga! —agregó Antón lanzando una mirada retadora a Adrián.

Se armó tal revuelo en la clase que la profesora se levantó y, después de pedirles silencio, les dijo:

—Hoy vamos a ver cuántos tipos de amigos podemos tener, pero lo primero que debemos saber es qué es un amigo. Cuando queremos a alguien, le respetamos y tenemos confianza en él, y ese es nuestro amigo, sea como sea.

—Pues yo soy amiga de mi hámster, porque lo quiero mucho y confío en él: le abro la jaula y no se escapa —añadió Sonia.

—¡Eso no puede ser! —gritó de nuevo Adrián.

Otra vez comenzaron a hablar todos al mismo tiempo y la profesora tuvo una idea:

—Nos vamos a tumbar en la alfombra, vamos a cerrar los ojos y vamos a imaginar que somos pájaros y podemos volar.

Y mientras sonaba una música de fondo, todos echaron a volar hasta que sonó una campanilla y abrieron los ojos.

—Ahora cada uno va a contarnos en qué pájaro se ha convertido.

Por supuesto, Álex se había convertido en su amigo el petirrojo, otros en gorriones, palomas, águilas…, y así un montón más, incluido algún despistado que había volado como Peter Pan.

—¿Habéis visto la cantidad de pájaros que hay? Pues también hay diferentes tipos de animales, diferentes peces, diferentes plantas, diferentes personas… ¿Quién quiere seguir la lista?

—Diferentes idiomas —dijo Tania, que hablaba ruso.

—Diferentes familias —dijo Sara Mei, que era china y adoptada.

—Diferentes formas de vestir —dijo Alexia, que siempre vestía de rosa.

—Diferentes tipos de zapatos —añadió Tomás, que siempre iba con zapatillas deportivas.

—Diferentes peinados —dijo Nati, a quien le gustaba llevar trenzas.

—Diferentes colores de pelo —añadió Joan, que era pelirrojo.

—Diferentes colores de ojos —dijo Beatriz, que tenía unos grandes ojos verdes.

—Diferentes tipos de comida —añadió Samir, acostumbrado desde niño a la comida india que cocinaban sus padres.

Así siguieron durante un rato con la lista y, cuando todos terminaron, su profesora agregó:

—Y diferentes talentos… No lo olvidéis, es muy importante. A cada uno de nosotros se nos dan bien cosas diferentes.

Toda la clase se quedó en silencio y Álex se puso a reflexionar sobre cuáles serían sus talentos; nunca había pensado en eso.

Después de ese día, la profesora puso unas cartulinas en la pared con la foto de cada alumno en la parte de arriba, y les dijo muy sonriente:

—Cada mañana, al entrar, me vais a decir algo que se os dé bien, algún talento especial que tengáis. ¿De acuerdo?

A algunos les resultaba muy fácil decir alguno, pero a otros les costaba mucho. Entonces la profesora preguntaba al resto de compañeros.

—A ver, ¿quién me puede decir algún talento de Iván?

»A ver, ¿quién me puede decir algo que se le da bien a Sofía?

Y así sus compañeros los ayudaban a rellenar sus cartulinas.

Una tarde, al salir del colegio, Álex le dijo a su madre mientras caminaban hacia su casa:

—Mamá, ¿sabías que todos somos diferentes y tenemos diferentes talentos?

—¡Pues claro, hijo! Por ejemplo, a mí se me da bien pintar y a tu padre no; él tiene facilidad para cantar y tocar la guitarra. El abuelo Mateo tiene un talento especial para inventarse cuentos y a la abuela Margarita se le dan muy bien las matemáticas.

Álex añadió:

—La profe ha dicho que hay diferentes tipos de amigos, así que el petirrojo puede ser mi amigo.

—Yo creo que puede haber una amistad maravillosa entre un animal y una persona. Cuando yo era pequeña y vivía en el pueblo, había un ganso que, nada más verme, venía corriendo hacia mí —le dijo emocionada su madre al recordarlo.

—También nos ha dicho que hay familias diferentes, pero yo creo que Sara Mei no tiene familia, solo a su madre, porque es adoptada.

—Por supuesto que hay diferentes familias —añadió su madre—, y Sara Mei tiene una madre maravillosa, y abuelos, y primos… Y, aunque no sean chinos, son su familia y todos la quieren.

—¿Y mi petirrojo tendrá familia?

—Pues no lo sé, hijo, pero seguro que sí, y a lo mejor les lleva alguna de las miguitas de pan que le das.

Ese comentario de su madre hizo que Álex al día siguiente le pusiera doble ración de migas, por si acaso tenía que alimentar a su familia.

El domingo llegaron sus tíos con su primo Iván a comer, y Álex le contó la historia del petirrojo.

—¿Tú sabes cuántos tipos de pájaros hay? —le preguntó a su primo Iván, que era mucho más mayor.

—Pues no lo sé, pero ahora mismo lo busco en internet —le dijo mientras abría su ordenador.

Los dos se quedaron muy sorprendidos al ver que había cinco mil trescientas especies de pájaros. ¡Qué barbaridad! ¡Eran muchísimas!

Álex sonrió. Gracias a su petirrojo y a lo que habían hablado en clase, ahora sabía que había diferentes tipos de amigos, de familias, de pájaros y de plantas. Colores de pelo y de ojos diferentes, gustos diferentes para vestirse o peinarse, diferentes tipos de comida y talentos diferentes, pero sobre todo descubrió que él era diferente, como el resto de la gente, y que no había nadie igual a él en todo el universo.

Tips para familias y educadores:

- Todos tenemos el mismo derecho a ser diferentes. Este es el mensaje principal del cuento y permite comprender de forma natural que la diversidad en todos los aspectos de la vida enriquece, no limita.

- En este cuento podemos ver cómo una profesora sensible y consciente ofrece a sus alumnos la oportunidad de descubrir las diferencias de forma natural, a través de la realidad que rodea al niño. En la familia también podéis hacerlo, integrando comentarios inclusivos sobre diferentes aspectos.

- Al principio, Álex no comprende bien que una niña que es adoptada tenga una familia, porque la compara con la suya, que es más extensa y está unida por lazos biológicos. Debe comprender que son los lazos de amor los que crean la familia, y estos pueden ser más fuertes incluso que los biológicos.

- Tratar el tema de la amistad permite comprender que la autoestima de un niño también depende de los amigos que tiene. Puedes hablar con tu hijo sobre lo que entiende por amigo. En el cuento, la profesora da una definición, pero entre todos podéis encontrar otras características de un buen amigo.

- Puedes hacerle dos preguntas a tu hijo que te ayudarán a entender qué es importante para él en un amigo: primera, ¿qué debe tener o qué debe hacer un compañero para que se convierta en tu amigo?, y segunda, ¿qué debe hacer o qué puede pasar para que tú decidas que ya no es tu amigo? Sus respuestas te darán pistas importantes sobre sus valores. Es importante que comprenda que la amistad no puede darse si hay maltrato. Un buen nivel de asertividad va muy unido a un buen nivel de autoestima.

- Para desarrollar una sana autoestima es importante que tu hijo se dé cuenta de que tiene talentos y capacidades diferentes a los que tienes tú u otros miembros de la familia. Puedes hacer un listado con las cosas que se le dan bien a cada uno y también con las cosas que se le dan peor. Tener una idea clara de las capacidades y limitaciones le permitirá regular su esfuerzo, dedicando más tiempo y energía a lo que le cuesta más.

- Cuando un niño se siente querido y valorado, puede querer mejor y valorar a los demás sin sentirse dependiente de su afecto. Esto significa que una buena autoestima y un sentimiento claro de la propia valía personal le van a permitir en el futuro tener relaciones afectivas basadas en la autonomía emocional en lugar de la dependencia emocional, que tantos problemas conlleva.

- Tener talentos y capacidades no es lo mismo que manifestarlos, y menos desarrollarlos. Un niño puede tener talento para la música y ser muy vago. Comenta con él que el entrenamiento y la capacidad de esfuerzo son herramientas necesarias para que cualquier talento se desarrolle.

- Una sociedad inclusiva empieza por valorar la diversidad en la familia y respetar a los que son diferentes. Puedes jugar con él a buscar las diferencias en otros campos que no aparecen en el cuento. Cuando llegues a «diferentes tipos de comida», continuad, a ver qué se le ocurre. Y después al revés, podéis buscar en qué cosas somos iguales, como, por ejemplo, en que todos sentimos emociones, que a todos nos gusta que nos traten bien, etc.

Mi capa voladora

Todas las noches Mateo soñaba con ser un superhéroe y llevar una bonita capa como Batman o Superman. Pero al despertar se daba cuenta de que solo había sido un sueño y se ponía muy triste al mirarse al espejo y descubrir que él no tenía ninguna pinta de superhéroe.

Cuando llegaba al colegio, su profesor le llamaba la atención delante de toda la clase. Unas veces porque no se había abrochado bien los botones, otras veces porque al subir del recreo llevaba las manos sucias, llenas de tierra por hacer agujeros buscando tesoros, y otras veces porque no sabía contestar bien a sus preguntas.

—¡Eres un desastre! ¿Cuándo vas a hacer las cosas bien? —le decía a menudo.

Mateo volvía a casa con la cabeza baja, llevando a sus espaldas una capa, negra y pesada.

—¿Por qué no andas derecho? —le preguntó un día su padre.

—¿Y por qué estás tan serio y callado? —le preguntó su madre—. Parece que te ha comido la lengua el gato.

Mateo no contestó. Dejó la mochila encima de una silla y se puso a dibujar a sus héroes preferidos, soñando despierto con poder convertirse algún día en uno de ellos, volar y salvar a personas, como hacen los auténticos superhéroes.

Su abuela Amaya le miraba sin decir nada, esperando el momento de poder animarle y hacerle sonreír.

Una mañana, la profesora de Inglés le pidió que hablara de sus personajes de cuento favoritos, y él nombró a Batman, a Superman, al Zorro y a Thor. Toda la clase se echó a reír y la profesora también, mientras le decía:

—Mateo, ¿estás en las nubes? ¿No me has oído que he preguntado por personajes de cuentos? Esos que has nombrado son personajes de cómics.

En el recreo sus compañeros se burlaron de él diciendo:

—¡Mateo está en las nubes! ¡Mateo está en las nubes!

Él se sintió humillado y triste, muy triste, y ese día volvió a casa con la cabeza baja y arrastrando los pies, llevando a sus espaldas otra capa, negra y pesada.

Sus padres no estaban cuando llegó, y Mateo quiso jugar con su perra Luna. Ella se puso tan contenta que empezó a correr como loca por el salón y tiró al suelo un jarrón lleno de flores que le habían regalado a su madre por su cumpleaños.

—No te preocupes —le dijo su abuela—, vamos a recogerlo todo con mucho cuidado. Tú recoge las flores y yo me encargo de los cristales, que no quiero que te cortes.

—Abuela, yo no he tenido la culpa —le dijo Mateo medio llorando.

—Ya lo sé, he visto que Luna ha empujado la mesa mientras corría.

Cuando su madre llegó a casa se enfadó mucho al ver lo que había pasado y, a pesar de las explicaciones de la abuela, gritó:

—¡Qué torpe eres, hijo! ¿Cuántas veces te he dicho que en el salón no se juega? Vete a tu habitación y de castigo hoy te quedas sin dibujos.

Mateo protestó:

—¡Yo no he sido! ¡Ha sido Luna!

—Me da igual. Seguro que tú la has puesto nerviosa —añadió su madre mientras arreglaba las flores.

Esa noche su padre no le dio el beso de buenas noches, solo le dijo desde la puerta de su habitación:

—Hijo, es una pena que no seas de otra manera. En el colegio me dicen que estás muy despistado, que vas muy sucio y que contestas mal cuando te preguntan. ¿Eso es verdad? Y encima has hecho enfadar a mamá.

Mateo no respondió, se dio media vuelta y se tapó con las sábanas, pero sintió que otra capa negra le caía encima sin dejarle respirar. Y esa noche ya no pudo soñar que era un superhéroe, ni pudo volar, porque llevaba demasiadas capas negras.

Llegó el sábado y Mateo cogió su cuaderno, pero ya no dibujó a Batman, a Superman o al Zorro, sino que pintó de negro casi toda la hoja.

—¡Qué dibujo tan diferente! —le dijo su abuela al entrar en la habitación—. ¿Por qué no has dibujado a alguno de tus personajes favoritos?

Mateo se quedó callado unos segundos y luego le contestó muy triste:

—Abuela, los superhéroes no existen. ¿Para qué los voy a dibujar?

—Pues te voy a contar un secreto —le dijo su abuela al oído—: Yo soy una superheroína; nadie lo sabe y tienes que prometerme que no lo contarás.

Mateo se levantó de un salto de la silla y, mirando con los ojos muy abiertos a su abuela Amaya, le dijo:

—¿De verdad? ¿Eres una superheroína?

—Sí, pero solo vuelo por la noche y salvo a personas y animales de muchos peligros.

—¿Y dónde está tu capa?

—Está bien guardada, no quiero que alguien descubra mi secreto. Me encanta volar entre las nubes y ver de cerca las estrellas. ¡No sabes lo bonitas que son!

—¿Podrías llevarme contigo, abuela? —le preguntó Mateo emocionado.

—¿Es que tú no puedes volar con tu capa por la noche? El otro día me dijiste que lo hacías.

Mateo se puso de nuevo triste y le dijo en voz baja:

—Ya no puedo volar, porque llevo capas negras que me pesan mucho. Nunca podré ser un superhéroe.

—Pues a partir de hoy te voy a ayudar a quitarte esas capas y te haré una, ligera y de bonitos colores, y así podremos volar los dos juntos.

Al día siguiente, como era domingo, su abuela le pidió que la acompañara a una residencia de ancianos a ver a un amigo. A la vuelta les contó a sus padres que las personas de la residencia le habían dado un gran aplauso a Mateo porque les había contado historias de superhéroes y que se lo había pasado en grande.

Entonces su padre le dijo mientras le abrazaba:

—Hijo, me siento orgulloso de ti.

Y su madre añadió:

—Me gusta mucho que hayas acompañado a la abuela, estoy muy contenta de lo que has hecho.

Y en ese momento Mateo sintió que una de esas capas, negra y pesada, desaparecía.

Llegó el lunes y Mateo se propuso ayudar a sus compañeros en lo que pudiera, porque para eso era un superhéroe, aunque ellos no lo supieran.

La ocasión no tardó en llegar. Una niña se cayó en el patio y se hizo daño en la rodilla.

—¡Uy! ¿Te has hecho mucho daño? ¿Quieres que te acompañe a la enfermería? ¡Apóyate en mí! —le dijo Mateo al acercarse.

—Gracias —respondió ella con una inmensa sonrisa—, eres mi héroe.

Y en ese momento Mateo sintió que otra de esas capas, negra y pesada, desaparecía.

Poco a poco empezó a darse cuenta de que se sentía mejor en clase y sus compañeros le trataban de forma diferente, sobre todo después de ver sus dibujos.

Otro día su profesor le dijo delante de todos:

—Estoy muy contento contigo, Mateo, veo que estás cada día más atento, contestas mejor a las preguntas y además ayudas mucho a tus compañeros. Hoy vas a ser el rey de la clase y puedes elegir el cuento que vamos a leer.

Sus compañeros le aplaudieron y en ese momento sintió que otra capa, negra y pesada, desaparecía.

Y esa noche Mateo volvió a soñar que era un superhéroe y pudo volar con la capa nueva que su abuela Amaya le había hecho, de bonitos colores y muy muy ligera.

Y los dos volaron juntos hasta las estrellas, esperando recibir alguna petición de ayuda para bajar de nuevo a la Tierra.

Tips para familias y educadores:

⭐ Conviene reflexionar sobre los mensajes que mandamos a un niño. Una crítica en un momento dado no afecta a su autoestima, pero una comunicación con él donde solo escuche reproches, críticas o juicios negativos sobre lo que hace o, aún peor, sobre lo que es puede minar su autoestima e impedir un sano desarrollo emocional.

⭐ Es importante en la comunicación con el niño poner el acento en lo que hace, no en lo que es. En lugar de decirle «eres malo», debemos cambiarlo por «eso que has hecho está mal». Así comprenderá que debe cambiar su conducta, pero que no juzgamos su ser, pues de otra manera irá construyendo un autoconcepto negativo.

⭐ A veces, sin darnos cuenta, al educar centramos más la atención en los errores que comete un niño o en las cosas inadecuadas que hace que en sus aciertos o las cosas que hace bien. El adulto debe hacer lo contrario, puesto que los seres humanos aprendemos por el método de ensayo y error. Elogiar con frecuencia y de forma pertinente y realista es una herramienta fabulosa para aumentar la autoestima del niño.

⭐ La autoestima también crece cuando los niños logran ver que lo que hacen es importante para otros. Pedirle ayuda a un niño para realizar cualquier tarea le empodera y le permite sentirse útil y valioso. Los actos de amabilidad son importantes. En este cuento, la abuela le ayuda a que haya un cambio, tanto en la percepción personal que tiene el niño de sí mismo como en la que tienen sus padres.

⭐ La mirada empática de un adulto sobre un niño puede detectar estados emocionales de abatimiento y tristeza, que provocan malestar e incluso, como en el cuento, pueden conducir a la depresión. Si un adulto observa y comprende el sufrimiento de un niño, debe averiguar la causa y provocar un cambio importante en la relación con él.

⭐ También aumenta la autoestima de un niño cuando ayuda a otros, es amable y tiene una actitud de compañerismo —que no debemos confundir con servilismo—. La amabilidad y la empatía son valores que le ayudarán a cultivar una imagen mejor de sí mismo, porque además impactan en cómo le ven y le valoran los demás.

⭐ El deseo de ser un superhéroe supone una compensación a su percepción de poca valía. Mateo piensa que, si se convierte en uno de ellos, tendrá el reconocimiento que busca. En el fondo pretende encontrar una salida que le permita mantenerse a salvo de tanta crítica y minusvaloración.

⭐ Cuando Mateo puede contarle a su abuela cómo se siente, ella puede ayudarle. A veces simplemente escuchando lo que le pasa al niño, comprendiendo cómo se siente, ya le estás ayudando.

⭐ El reconocimiento de su familia y del profesor al final del cuento marca un antes y un después en la vida de Mateo, y la abuela es la que finalmente le devuelve la sonrisa y le saca de la situación emocionalmente difícil en la que se encontraba. Es bueno reconocer que la autoestima es una especie de flotador que nos permite estar a salvo en medio de un mar revuelto.

El sueño de Flora

Las hadas y los gnomos vivían en muchos lugares de la Tierra, en bosques con árboles inmensos y preciosos ríos y lagos, invisibles para los seres humanos. Al nacer recibían poderes diferentes que podían utilizar como quisieran, y el hada Flora estaba muy orgullosa de tener semillas mágicas.

Cada uno de ellos tenía un trabajo que hacer durante unas horas al día: unos cuidaban de las flores silvestres, otros de los manantiales, otros de los nidos de los pájaros, otros se encargaban de limpiar los nenúfares, y así los gnomos y las hadas mantenían la armonía y la belleza del bosque.

Un día soleado de primavera, Titania, la reina de las hadas, decidió dar un paseo por el bosque con cuatro de sus pajes, pero, al acercarse al lago, algo llamó su atención y se paró.

—¿Qué haces tumbada encima de un nenúfar en vez de trabajar? —le preguntó a Flora.

—Majestad, ya he terminado de limpiar todos los nenúfares y me he puesto a soñar.

Titania, extrañada por su respuesta, le preguntó:

—¿Y qué soñabas?

Flora, muy sonriente, voló hasta la orilla y le respondió:

—Me gustaría conocer a los seres humanos y ayudarlos con mis semillas mágicas a cumplir sus deseos.

La reina Titania se quedó muy sorprendida, porque hacía mucho tiempo que ningún gnomo o hada se atrevía a acercarse a los seres humanos. Todos sabían dónde vivían, pero les tenían miedo, mucho miedo, desde que un joven entró un día en el bosque y se llevó a Crocró, la abuela de todas las ranas.

Después de pensarlo unos segundos, le contestó:

—Flora, puede ser peligroso acercarse a ellos, pero, si es tu voluntad, dejaré que te vayas, aunque… puede ser que tus semillas mágicas no funcionen como tú piensas… De todas formas, ve y cumple tu sueño.

Una noche de luna llena, Flora se despidió de sus compañeras y echó a volar con su bolsita de semillas. Al divisar las primeras casas, su corazón se aceleró mientras sentía una mezcla de emociones. Se posó en un tejado, respiró hondo y, cuando se sintió tranquila, echó a volar de nuevo.

De pronto, oyó el llanto de un niño y se acercó. Miró por la ventana y escuchó que decía entre sollozos:

—Todo me sale mal, soy muy torpe, si fuera más alto podría encestar más balones…

Su madre trataba de consolarle y le decía:

—Jaime, ya crecerás, no te preocupes. Además no todos los jugadores de baloncesto son altos. Lo más importante es entrenar todos los días un rato.

—Pero Martín es mucho más alto que yo y tiene los mismos años, y por eso encesta más veces… —contestó él.

—Bueno, ahora duérmete, hijo —le dijo su madre mientras le daba un beso y le arropaba.

Flora se dio cuenta de que aquella era su primera misión y, cuando le vio dormido, le dejó una de sus diminutas semillas mágicas debajo de la almohada.

A la mañana siguiente, Flora se acercó a una niña que cantaba mientras iba con su padre de la mano hacia el colegio.

—Papá, me gustaría que me eligieran para cantar en la obra de teatro.

—Pues ya sabes que tienes que aprenderte la canción de memoria, Lara; si no, elegirán a otra.

—Pero Melisa canta mejor que yo, lo dice la profesora, seguro que la elegirán a ella —contestó desanimada.

Entonces Flora se acercó a ella y le metió en el bolsillo de su chaqueta otra semilla mágica para que pudiera cumplir su deseo.

Ya por la tarde, volando entre los árboles de un parque, oyó que una niña le decía a su madre:

—No pienso ir a la fiesta de cumpleaños de Carlos, las fiestas son muy aburridas.

—Eso no es cierto —le contestó la madre—. Lo que pasa es que tú no juegas con los demás y por eso te aburres.

—Es que nadie quiere ser mi amigo, nadie quiere jugar conmigo —añadió ella.

—Mira, Vicky, ¿ves a esa niña que está en el columpio? Puedes preguntarle si quiere que la empujes y luego ella te empujará a ti, ¿qué te parece? —preguntó su madre.

Pero Vicky no se atrevió a acercarse y le contestó muy seria:

—Seguro que dice que no quiere.

Flora se acercó a ella y le dejó una diminuta semilla entre su pelo rizado, pues sabía que el deseo más grande de Vicky era tener amigos, y con su ayuda lo podría cumplir.

Después se fijó en un niño al que su padre decía:

—Veo que cada día dibujas mejor. Hoy tu profesor me ha enseñado un dibujo y era precioso.

—Bueno —dijo Álvaro—, me ayudó Nacho porque a mí no se me da bien pintar.

—Yo creo que, si todos los días haces un dibujo en el cuaderno que te regaló el abuelo, acabarás dibujando como él o mejor.

—Pues cuando sea mayor me gustaría dibujar cómics —contestó muy animado.

Al oír esto, Flora dejó otra semilla mágica en su mochila y se fue volando muy contenta de vuelta a su bosque, con la intención de regresar pasado un mes, para ver si las semillas mágicas habían hecho su trabajo.

Y así fue. Después de treinta días, Flora regresó al pueblo y fue a visitar a Jaime y oyó que se quejaba:

—¡No es justo! No me han seleccionado para el equipo porque soy bajito. ¿Ves? Ya lo sabía.

Pero su padre, muy serio, le dijo:

—No has entrenado nada, hijo. Todos los días te he pedido que jugáramos un poco y no has querido.

Y su madre añadió:

—Además, siempre decías que no te iban a seleccionar, y eso es lo que ha pasado.

¡Qué desilusión! ¿Qué habría ocurrido? ¿Por qué Jaime no había conseguido su sueño?

Después se fue a ver a Lara y se la encontró muy contenta ensayando una canción delante de un espejo, mientras su madre la aplaudía emocionada.

—¡Muy bien, Lara! ¡Qué bien lo haces!

—He ensayado mucho, mamá. Además Melisa no se sabía la letra y yo me la aprendí de memoria.

—Y recuerda lo que te dije: si crees que lo vas a conseguir y te esfuerzas, ya casi lo has conseguido.

Flora se fue muy contenta al ver que Lara sí había cumplido su sueño gracias a su semilla mágica.

Luego se fue al parque a ver a Vicky con la ilusión de que estuviera rodeada de amigas. Sin embargo, se la encontró sola, sentada en un banco, aburrida, mientras su padre leía el periódico.

Con Álvaro se llevó una gran sorpresa. Sus preciosos dibujos estaban colgados por toda la casa, y tenía encima de su mesa dos cuadernos llenos de ilustraciones. Y escuchó esta conversación:

—Seguro que de mayor voy a ser dibujante de cómics, papá.

—Pues claro que sí, si te lo propones, lo conseguirás. De momento dibuja todos los días un rato y seguro que cada vez te saldrá mejor.

Cuando Flora regresó al bosque se fue a ver a Titania para que le explicara por qué sus semillas mágicas no habían conseguido que todos cumplieran sus deseos.

Su respuesta la dejó perpleja:

—Los seres humanos tienen sus propias semillas mágicas, que son sus pensamientos. Si piensan que pueden conseguir algo, es más probable que lo consigan, porque ponen todo su esfuerzo en ello. Pero si piensan que no pueden o que algo es imposible, es mucho más difícil.

—Pero, mi reina, entonces… ¿mis semillas mágicas no han servido para nada? —preguntó Flora un poco decepcionada.

—¡Por supuesto que sí! Tus semillas han servido para hacer más fuertes sus pensamientos y han ayudado a cumplir algunos sueños. Debes sentirte orgullosa del regalo que les has hecho.

Desde ese día, Flora visita a los seres humanos una vez al año y sigue dejando alguna de sus semillas mágicas debajo de la almohada de algún niño o entre el pelo de alguna niña, pero ella sigue limpiando los nenúfares del lago con esmero, porque ese es su trabajo y le encanta.

Tips para familias y educadores:

- Los niños necesitan experiencias de éxito para tener un sentimiento de competencia. A veces deben esforzarse y ser constantes aunque no lo hagan bien a la primera. El esfuerzo no garantiza el éxito, pero sí la satisfacción de haber hecho todo lo posible por conseguir algo. Además, los ayudará a forjar su carácter y les permitirá conseguir más objetivos.

- El sentimiento de valía personal pone en funcionamiento los mecanismos de la automotivación. Cuando un niño piensa que no puede hacer algo, no lo hará bien, y es natural que ni siquiera lo intente. En este sentido, conviene diferenciar la vagancia de la falta de motivación. Por ello, es labor de familias y maestros recordarle a menudo lo que lleva aprendido, comentar con él cosas que ha conseguido.

- Pensar que uno puede hacer algo es el comienzo para tomarse con interés cualquier reto. A veces las propias creencias del niño le impiden conseguir objetivos y se convierten en su peor enemigo. Ante la palabra «imposible», el niño no hará nada para cambiar una situación, no será proactivo, lo que le supondrá una desventaja para el aprendizaje.

- En este cuento el hada se encuentra con diferentes niños y con distintas actitudes. Al final la reina la ayudará a descubrir que los pensamientos son una parte muy importante del éxito, y en eso consiste la magia del pensar en positivo.

- Es importante que enseñes al niño a superar sus inseguridades, apoyándole, animándole, pero nunca haciendo por él lo que puede hacer por sí mismo. En el cuento se ve cómo el adulto no interviene, sino que le da el poder al niño para que haga algunos cambios. Si él no quiere, tendrá que vivir las consecuencias.

- Si observas que un niño tiene creencias limitantes sobre sí mismo, conviene ayudarle a descubrir sus talentos y hacerle comprender que el entrenamiento, el repetir algo con frecuencia, le va a permitir mejorar su rendimiento en cualquier ámbito de la vida.

- Tan importante es para el desarrollo de la autoestima destacar las habilidades de un niño como sus limitaciones. Generar resiliencia en los niños es esencial para que aprendan a recuperarse de sus experiencias negativas y mejore su bienestar emocional.

- Ante un deseo o un objetivo de un niño que los adultos vemos como difícil, no debemos desanimarle, pero sí ayudarle a valorar si sus habilidades y capacidades se lo van a facilitar o no, y mostrarle lo que le haría falta para conseguirlo. Es importante respetar sus sueños, pero también ayudarlos a que sean realistas, y esto es un difícil equilibrio.

- Cualquier niño necesita tanto saborear los éxitos como superar los fracasos. Con una buena autoestima estará más preparado para superarlos. Es labor de los adultos celebrar sus éxitos, aunque sean pequeños, y valorar su esfuerzo, aunque no consiga el objetivo. Puedes hacer una lista con los retos que ha superado o las cosas que ha aprendido en el último año.

Papel certificado por el Forest Stewardship Council®

Primera edición: octubre de 2020

© 2020, Begoña Ibarrola, por el texto
© 2020, Blanca Millán, por las ilustraciones
© 2020, Penguin Random House Grupo Editorial, S.A.U.
Travessera de Gràcia, 47-49. 08021 Barcelona

Penguin Random House Grupo Editorial apoya la protección del *copyright*. El *copyright* estimula la creatividad, defiende la diversidad en el ámbito de las ideas y el conocimiento, promueve la libre expresión y favorece una cultura viva. Gracias por comprar una edición autorizada de este libro y por respetar las leyes del *copyright* al no reproducir, escanear ni distribuir ninguna parte de esta obra por ningún medio sin permiso. Al hacerlo está respaldando a los autores y permitiendo que PRHGE continúe publicando libros para todos los lectores.
Diríjase a CEDRO (Centro Español de Derechos Reprográficos, http://www.cedro.org) si necesita fotocopiar o escanear algún fragmento de esta obra.

Printed in Spain – Impreso en España

Maquetación de Blanca Millán

ISBN: 978-84-488-5525-3
Depósito legal: B-6.352-2020

Impreso en Soler Talleres Gráficos
Esplugues de Llobregat (Barcelona)

BE5525A

Penguin
Random House
Grupo Editorial